木附沢麦青句集

東奥日報社

目次

母　郷……1
南部牛追唄……33
青　嶺……65
馬淵川……99
あとがき……132

一、母　郷

九〇句

胡桃かかふ栗鼠見て母へ峠越ゆ

革命いつのこと地吹雪に昏るる村

炉語りやこびとの数の祖母の指

夜泣き子に燃え移らむと炉火赤し

一と夜一足藁沓編んで父老いず

空厩土筆すつきりまぎれ生ふ

馬の葬り夕映柿が一火焔

炭窯《かま》酔の膝折つて吸ふ雪の風

炭窯酔やいづち向けども雪嶺なり

焼子等の燈の数を守り冬の嶽

朴の巨花眠る焼子に風送る

病む母に破れ目貼の泣く夜なり

雪積れ草萌え出すと母死ぬとぞ

嘘のごと急ぎ滅る雪母は亡し

長女あけみ誕生

爽やかや一児得て髭濃くなれり

帰る雁見ゆるああをああを空流れ

馬も潔め早苗饗の酒はじまれり

螢火や出郷はかる低声に

はじめて林火先生にまみゆ

青嵐師の語聞き洩らさじと蹤く

一放馬矢のごとく来ぬ虻つれて

ねむりても拳解かぬ児雲の峰

いつときは雲と遊べり盆花摘

刻かけて髭剃り父の盆支度

坂半ば糞《ま》る炭馬に冬来てをり

炭負ひて亡母かとも見え父来ます

炭負ひの立つときに雪握りしめ

冬永し馬の毛梳けば炭こぼれ

冬銀河藁足して馬睡らしむ

寒卵声澄むものに吾子のあり

笑ふとき父の老見ゆ干菜汁

温石の冷えて重しや座業了ふ

妻を子を叱り三寒やりすごす

初鯛馬へ置く水平らなり

母の死後障子一桟欠きしまま

紺絣辛夷あらたな風生めり

白波のほかは音なし花防風

吊りランプ山独活の香のたちのぼり

独活掘のひとりにかかる昼の月

盆の月山にちかくて山照らす

魂まつる馬の墓にも火を頒けて

通夜の畳一匹の蟻全速に

木枯の泣く児ひとりも見逃さず

阿部思水氏急逝、句集『荒磯』刊行の予定ありたれば

ふり向きて雪の荒磯の人消えし

梨花月夜まよはずとどく汽笛あり

風湧けば馬の化身の青嶺とも

索莫とわが血に酔ひし蚊を殺す

郭公の声を頭上に若き僧

涼しくて蟬抜けし穴山の寺

葛咲くや父に終りし馬小作

目に見えて夜がちかづく唐辛子

葛を吹く風音も旧南部領

子と仰ぐ鷹加速して翔くるべし

この家の冬馬臭なくんば親しさ減る

躍り出て生《なま》の太陽雪国なり

なでてやる馬の額の雪雫

厩出しの馬をなだむる日の力

何か萌ゆ吾子とおぼしき歌きこえ

負け鶏は血の匂ひして薄暮かな

狐の提灯咲きてここより禁猟区

尺蠖に腕をはからせゐて青年

虹の根の分校はいま合唱時

虹仰ぎ齢三十五の不安

まぐれ蚊を許して遅き寝に就くも

漆掻き漆びかりの黒装束

合歓の花肌脱ぎの母なつかしや

飛びたがる夏帽おさへつつ帰郷

朝草刈盆花あれば摘み置きぬ

山の電柱蟬来て鳴けば淋しからず

黒牛を追ひゆく父も露の人

脱ぎ置きしシャツに香の沁む草の夏

花防風潮ふりきつて海女着替ふ

妹の忌のつまくれなゐも十年過ぐ

凶作の藁塚なれど寄り合へり

走り出て鶏あらあらし稲不作

凶作や案山子の赤き頬かむり

峠路は炭運ぶ道からまつ散る

粟の穂の万粒乾く父の炉ぞ

鶏けんか一顧だにせず籾を干す

波郷忌を三日過ぎたる柿の冷

わが職は

かりがねの夜はひとり子を悲します

啼き出して囮たること忘れゐむ

卵生みきれず蟷螂枯れゐたり

烏賊裂女烏賊の目玉の冬掴む

出稼ぎに父とられじと厚目貼

枯野馬車土産の玩具鳴り出だす

父の齢山の齢雪降りつもる

天へ翔ち初雀たる羽根さばき

飛ぶ雪はとばし隆々男根祠

冬の夕日は子を置きて母去るごとし

炭焼の終のひとりの頬かむり

二、南部牛追唄

九〇句

つけ足しの仔豚のしつぽ梅雨あがる

さきがけて父の寝息の夜涼なり

夜涼し父の寝息の中に寝て

炎天をひたゆく若さ減らすごと

鼻冷えてわれ魚ならば深海魚

根深掘ひとすぢの香を土中より

山墓の雪は汚さず夕日去る

冬耕の父遠ければ音もなし

雪さみしからず峠をめざす馬

母の手ざはり袖無の冬親し

つくしんぼまたひとつから子が数ふ

木の股に盆の月乗り遊ぶごとし

馬身立つ熟るる李のかたはらに

早魃田熱氣と殺氣となりあふ

冷し瓜一睡後子が大人びる

子に仰がしむ完璧の雲の峰

風青し盆供の瓜を洗ひあげ

眞向に望月あげし村芝居

そこここに夕風巻ける下り簗

いつまでも落ちず南部の木守柿

蓑蟲のまた顔隠す山の中

冬耕人ものいふごとく鍬下ろす

山の影山にしたがひ冬に入る

村童の白鳥日誌厚表紙

白鳥守飛雪に眉のかき消され

白鳥が飛ぶひとすぢの凍の中

下校児のみなこゑかくる白鳥に

ふところに白鳥を抱き湾眠る

松山の小松はなやぐ牡丹雪

吹雪の先見えず南部の糞づまり

悼　和賀流君

春いまだいづちゆけども君見えず

節分はきのふ厩に牛の息

山腹に暖氣一點やまざくら

啄木忌すぎていつまで花曇

片栗に夕日全圓和賀盆地

澤内村

馬の仔に母馬が目で力貸す

恐山

汗の婆泣くべく來ては泣きはじむ

分校の五人の走る跣足の音

盆が去る夕日のなかのあめんぼう

満月の森をいでくる影の人

法師蟬山へ來たるも旅ならず

夏雲やくりくり洗ふ子のつむり

十和田湖畔

湖の宿僧をもてなすきのこ汁

馬ゆきて残る暑さの西津軽

下り簗水中も風ゆくごとし

更くるほど影むつまじや栗穂切

露けさの土橋は人を待つごとし

ひとつぶの星に昏れたる萬の柿

勿忘草川音ながれ來ては去る

南風の吹き入りしより繭の白

鶏鳴の鋭くて暑さも峠越ゆ

舊正や一里一尺雪深み

藁を抜く藁塚の熱せしところより

胸元を牛に嗅がれて厚着の子

狐隠して雪原の起伏なし

だしぬけに鶏のいさかひ菜種梅雨

丈低き麥に南部の青やませ

水打ちし土間を好みて鶏集ふ

柿売つて牛売つて冬ちかづきぬ

墓に入る徑のつづきのつるもどき

彳ちてゐるだけに涼しや朴の下

草刈の昨日刈りたる山を越ゆ

亡き母の遺せしごとく日向水

おくれ蹤く妻に犬蹤く夕涼み

帚木の露の萬の目母の家

岩手県・浄法寺町

こゑ爽やかに小鳥來る天台寺

仔馬二頭爽やかに頸さし交す

流星を呑んで空より暗き山

くらやみに年を越しゐる牛の息

まつすぐに雪の降りゐる青木賊

短日の舌切雀ちりぢりに

降り出せし雪に水の香故郷なり

星ひとつ飛びしを祝ひ節分會

山に入り山見る人の頬かむり

山國の一村一寺桃の花

鳥消えし空を見てゐる彼岸人

蕗の薹しばらくは川橋もなく

朴咲いて山の暦日南部にも

ねころびて兩足あまる夜の新涼

ちらちらと萩咲くいもうとの忌日

立秋といふあたらしき草木の香

いつ空へ翔ぶか花野を子がひとり

人散って人集って野菊晴

涼しさの奥の奥より馬淵川

あたたかき日も入れ十一月長し

往きかへりか角巻の人遠し

春立てり三人の子のじゃんけんぽん

夕端居齢の中に妻を見て

二戸市金田一溫泉緑風莊

座敷ぼつこごろ寝の疊涼しけれ

八葉山天台寺

許されて寺苑にあそぶ山かがし

三、青　嶺

九〇句

春の山

父の晩年陰雪のごとく在り

立春の山が山押す陸奥の國

あしびきの山へすばやく二月消ゆ

休耕の田の畦ながら青みけり

座禅草一僧若くおはしける

山風の浜に出て鳴る春祭

野火止めの川にはじまる大南部

腰痛にかまけてをれば地虫出づ

骨太に畦青みたり父母のくに

小鳥をも没日が呼べり春彼岸

ゆっくりと春来る陸奥の山容《やまかたち》

母の忌のことに大きな春夕日

あたたかや泣くを仕事の赤ん坊

言挙げのごとく一気に辛夷咲く

種牛のふぐり揺りくるのどけさよ

春風の彼方かならず太平洋

蕨摘む山の柔《にこ》毛《げ》のごときもの

太陽に円さ戻りし萬愚節

三尺の童子とあふぐ揚雲雀

花すみれ吾に佛のあにいもと

ぜんまいや山に大きな朝が来て
妻と娘にゑくぼありけり桃の花
みほとけの前では剥かぬ夏蜜柑

百千鳥眉剃ってゐる少女あり

足よりも大き足跡春の耕

夏の川

いまもって山大尽の朴咲けり

母の日の朝日大きなまま昇る

三陸は海また海の明易き

おうおうと山応へをり鯉のぼり

飲食のためのみならず大夏炉

熱からぬ日を沈めたりやませの田

青千鳥山川にまだ勢ひなし

するすると子が下りてくる薄暑の木

風下に水流れ去る蛭蓆

炎天の蓆をたたむ一ト叩き

紺絣齢隠さぬ小《こ》袖《そで》海《あ》女《ま》

山人の木が鳴くと言ふ松蝉ぞ

葭雀馬のわらぢの捨ててあり

馬淵川源流

ときをりは雲の中なる草清水

原爆忌桔梗の白もむらさきも

青空のひととこ暗し虫送り

桂木の花と見紛ふ土用萌

蕎麦殻の枕かへせば夜の秋

緑陰といふ一塊の涼気あり

人老いて村老いてゆく油照り

荒莚昼寝をせよとあるごとし

秋の草

法師蟬嶽見ゆる日を晴と言ふ

さきがけの桔梗一輪佛花とす

誰彼の足音のなかお盆が来る

盆の家虻の翅音の親しさも

みちのくの萩もはしりの師の忌日

どれがどの花とも葛のからみやう

逆光の花芒より鹿《しし》踊《おどり》

小鳥来る寺から別の寺が見え

薬草を二番煎じに夜長し

阿《あ》房《ぼう》菊《ぎく》盛るを月夜かと思ふ

いもうとの墓へ秋草ひとつかみ

生家売却一年

昼の虫草に沈みし土台石

紫星兄一周忌

からまつ散る昨年さながらにからまつ散る

秋すすみ水草萍花小さし

八分目の腹よこたへて蚯蚓聞く

日光のあと月光に菊栄ゆ

鰯雲隊伍組みしは杳かなり

ゆっくりと生きて老いたし茶立虫

冬の木

急流に乗りたきこころ鴨に見ゆ

木枯は山に棘ある木を殖やす

花八つ手夕日はいつも斜より

蜂がもう来ぬ蜂の巣に雪つもる

雪積もる音か雪女の息か

急流と見えぬに乗りて鴨迅し

忘年の裾を大きく南部富士

雪籠り魚食べ魚の骨残す

夕月の眉月にして凍りけり

大いなる闇を年ゆき年来る

山の子は山の奥へと鬼やらふ

早梅にさきの都の深空あり

山を見に出る元日の頬被り

昭和天皇崩御一句

松外す大きかなしみありにけり

一生のいまを唱ひて毬突く子

いま過ぎし旦が遠し寒の入

凍瀧に真昼育ちし白さあり

記念樹の冬芽つぶらに子の母校

あり余る雪ありてまた雪催

終章のごとく降り出す牡丹雪
寒月ののぼるに速き山の国
雫して育つ月夜の軒氷柱

元旦の空晴れたれば山そびゆ

手毬唄この世かならず子が居りて

寒菊や人には言へぬくらしむき

節分の闇を大きく闇包む

四、馬淵川

九〇句

春の山

還暦

松の内なるがめでたき誕生日

野澤節子さんを悼み

春蘭の花咲くとなく咲きつづけ

体内の夏野を走る一馬身

己が生む影に涼みて一樹あり

目に見えぬものを緑陰よりもらふ

たぐひなき日輪のぼる敗戦忌

島陰に海鳥たまる寒もどり

捨てられし山畑のあり桃の花

みほとけの掌に何もなきこと涼し

白樺の森へ迷はず夏は去る

七日粥昭和大きな世でありし

他人《ひと》ごとのやうに吾病む雪明り

夏山の谺若々しくもどる

もの言はぬ民のみならず蕨生ふ

岩手県・一戸町小繋

伏兵のごとく風湧く夏野かな

暑くなるぞとみんみんみんが唸り出す

色鳥や娘嫁ぐをこひねがひ

大橋たつを氏を悼み

たましひのいま朗々と水澄めり

おふくろも胃袋もなし年の暮

爽やかやや白髪ふえたる妻にして

故　山崎和賀流句碑建立

どんぐりや和賀流のこゑ聞こえさう

夏の川

山を見て山に見らるる屠蘇機嫌

次兄茂夫

四月馬鹿兄弟ともに胃無し者

人間のことばは要らぬ大花野

妙丹をもぐまたとなき柿日和

鮭簗のからくり見せぬ水しぶき

箱根にて

早川にして駆け下る冬紅葉

春風を海より呼んで馬淵川

晩年とおもひ思はれさくら見る

東京にて二句

大川の波に消えたる花筏

永き日の海鵜もぐってそれっきり

こころもち畳をつかむ跣足かな

山に雪里に雪来る子守唄

谺して春待つは山のみならず

春隣丈を競はぬ山ばかり

をかしくも腹減って来し万愚節

生きものに有無を言はせずやませ来る

蛍と逢ふ忍び足こそ似つかはし
まばたけばまたたき返す姫ほたる
蟬の殻鳴く蟬よりもおびただし

誰からも一目おかれ種胡瓜

蓑虫の奥の手見せぬぶらさがり

年とるといふこと梟にもあるか

秋の草

雪原のどこからも見え日がひとつ

えんぶりの初《しょ》日《にち》の雪となりにけり

寂聴の御山《おやま》にちかく蕨採る

青梅の実重りに幹きしみけり

関川竹四氏を悼み

ふるさとを覆ひ尽せし青やませ

海猫《ごめ》の子の出入りを許す島社

箒草ゆめ見るやうにもみづれり

江尻真沙子さんを悼み

花野ゆく小鳥いざないざなはれ

尻屋崎・寒立馬三句

湯気の立つものを糞りたり寒立馬

寒立馬かくも剛毛深きとは

海からの雪狂ひなし寒立馬

横手にて二句

かまくらの町直角に川曲り

うしろより見れば灯の透く子かまくら

かにかくに山に桐咲く南部郷

崖清水山の童で育ちけり

西瓜売りたうたう土に坐りけり

成田千空氏

津軽野に杖をぶちこむ立佞武多

尻屋崎にて

下北の狐らしくて逃げもせぬ

藤田湘子氏を悼み

朝桜ますらをぶりに徹しけり

青嵐神童ひとり畦を走す

敗戦日口を開かず歌うたふ

霊棚に吾の入るべき隙もなし

まだ出番あるかも知れぬ枯蟷螂

煮凝の味に加はる山の闇

冬の木

梟は自分と話すやうに鳴く

大いなるものに招かれ鳥帰る

津軽路の霞おぼろとなりにけり

雪渓の風にあらがふ風のあり

澁民にて

万年山宝徳寺領閑古鳥

やまみちを隠さうべしや葛茂る

八戸市・青葉湖

まぼろしの一笛まじる秋の声

大根引一本づつと勝負して

冬山となり山彦を返さざる

雪ごもり流霞仙人と決めこんで

喜ばれ憎まれ今日も雪が降る
ふるさとを十里彼方に風光る
少し老い霞の山を歩みたし

二戸市・金田一温泉

明易し座敷わらしも戸袋も

岩岡吐雲氏を悼み

郭公と山の先生呼び交す

高橋白晶女さんを悼み

ほんたうの白さ保ちて山法師

成田千空氏を悼み

赤光の雪降らしめよ津軽富士

白鳥の第一陣のかひがひし

みな大き田植おにぎり結仲間

代役の胃を覗かるる大暑かな

韮の花こもごも老いし姉ふたり

ふるさとの味噌にこだはり茸汁

干菜汁佛の母にことよせて

あとがき

　東奥文芸叢書の俳句の部への参加のお誘いを頂いた時に、正直に言うと私の心には一つの迷いが生じた。
　私はすでに四冊の句集を出版している。『母郷』『南部牛追唄』『青嶺』『馬淵川』の四集がそれである。『馬淵川』のあとがきの中で私は次のように述べている。

　句集は『青嶺』で終りにすると決めていたが、創刊二十五周年・三百号記念にと言うこともなので引き受けざるを得なかった。この間十三年、大病を二度経験したこともあって細々とした歩みであった。

　従って私の心の中では、自分の句集出版は終っていることだったからである。俳句を止めることではないが、句業をどこかで区切り、それまでの作品を整理して見ることは、もう要らないと思ったからである。

この考えは今でも同じであるが、声を挙げて言うべきことでもないので黙っていたのである。

この度の東奥文芸叢書への入集の件について、周辺の仲間にこの思いを伝えたが、既刊句集からの抄出で良い旨の確認を頂いたので重い腰を上げることとした。

既刊四冊の句集から、九十句ずつ抄出しての三百六十句。特別の思い入れはないが、これが私、麦青の俳句である。俳句を今も続けられていることに、ありがたく感謝したい。

平成二十七年五月

木附沢麦青

著者略歴

木附沢麦青（きつけざわ　ばくせい）

昭和十一年一月五日岩手県二戸市生まれ。本名賢司。昭和二十九年県立福岡高等学校卒。俳句の師は、澤藤紫星（二戸市）、高橋青湖（盛岡市）、大野林火（横浜市）。昭和三十九年八戸市に移住、「北鈴」に参加。「濱賞」「第12回角川俳句賞」「青森県文芸協会賞」「宗左近俳句大賞」「平成二十六年度青森県文化賞」などを受賞。

句集等には、『母郷』『南部牛追唄』『青嶺』『馬淵川』『青嶺俳句鑑賞』『青嶺季語別句集』Ⅰ・Ⅱ・Ⅲがある。昭和五十九年、「北鈴」解散を受けて「青嶺」を創刊、現在に至る。俳人協会評議員。日本現代詩歌文学館振興会評議員。

住所　〒〇三九―一一六六
八戸市根城二丁目二―一
電話　〇一七八―二二―一五九四

東奥文芸叢書　俳句20

木附沢麦青句集

発　行　二〇一五（平成二十七）年八月十日
著　者　木附沢麦青
発行者　塩越隆雄
発行所　株式会社　東奥日報社
〒030-0180　青森市第二問屋町3丁目1番89号
電　話　017-739-1539（出版部）
印刷所　東奥印刷株式会社

ISBN－978－4－88561－204－6　C0092　￥1200E

東奥日報創刊125周年記念企画

東奥文芸叢書　俳句

加藤　憲曠　　新谷ひろし
藤田　枕流　　野沢しの武
草野　力丸　　工藤　克巳
畑中とほる　　吉田千嘉子
竹鼻瑠璃男　　高橋　千恵
土井　三乙　　徳才子青良
三ヶ森青雲　　橘川まもる
福士　光生　　田村　正義
吉田　敏夫　　小野　寿子
浅利　康衞　　木附沢麦青

（第一次配本20名、既刊は太字）

東奥文芸叢書刊行にあたって

青森県の短詩型文芸界は寺山修司、増田手古奈、成田千空をはじめ日本文学界をリードする数多くの優れた文人を輩出してきた。その流れを汲んで現代においても俳句の加藤憲曠、短歌の梅内美華子、福井緑、川柳の高田寄生木など全国レベルの作家が活躍し、その後を追うように、新進気鋭の作家が次々と現れている。

1888年（明治21年）に創刊した東奥日報社が125年の歴史の中で醸成してきた文化の土壌は、「サンデー東奥」（1929年刊）、「月刊東奥」（1939年刊）への投稿、寄稿、連載、続いて戦後まもなく開始した短歌・俳句・川柳の大会開催や「東奥歌壇」、「東奥俳壇」、「東奥柳壇」などを通じて、本州最北端という独特の風土を色濃くまとった個性豊かな文化を花開かせてきた。

二十一世紀に入り、社会情勢は大きく変貌した。景気低迷が長期化し、核家族化、高齢化がすすみ、さらには未曾有の災害を体験し、その復興も遅々として進まない状況にある。このように厳しい時代にあってこそ、人々が笑顔と元気を取り戻し、地域が再び蘇るためには「文化」の力が大きく寄与することは間違いない。

東奥日報社は、このたび創刊125周年事業として、青森県短詩型文芸の優れた作品を県内外に紹介し、文化遺産として後世に伝えるために、「東奥文芸叢書（短歌、俳句、川柳各30冊・全90冊）」を刊行することにした。「文化」の力は地域を豊かにし、世界へ通ずる。本県文芸のいっそうの興隆を願ってやまない。

平成二十六年一月

東奥日報社代表取締役社長　塩越　隆雄